目次

琥珀

序・・

初心《うぶ》は産声

大井恒行

五線譜がみずうみになる春の昼

はじめにぼく自身のことを話しておく。渡邉樹音の句稿を前に置き正直に告白するが、じつは冒頭の句から躓いている。句の読みのキーを何処に求めるべきかを迷っているのだ。すでに古色を深めてしまったぼくの感受では、一世代前の時代の若い感性を十分にとらえ切ることは出来ないのでは、と手探り状態なのである。

「五線譜」「みずうみ」「春の昼」それぞれの魅力的な言葉をつなぐ関係、それが中七のフレーズ「みずうみになる」である。ぼくには上五・中七「五線譜がみずうみになる」ようには、自然を比喩にして描けない。音楽に疎いぼくがあえて想像すると、五線譜には、さまざまな音楽記号が書かれており、中にはたぶん、波を想像させるような音符や演奏する際に用いられる記号が色々あるにちがいない。それが増幅されると「みずうみ」のように「なる感じ」を、みることができるのだろう。おりしも陽光にかがやく「春の昼」に一句が包まれているのは確かなことなのだ。

もう一方に、五線譜から、想像される句に、

触れるものみな音階に銀杏散る

がある。

この句の「音階」はよくわかる。それは上句の「触れるものみな音階」にと「銀杏散る」さまが、散る葉のかそけき音をともなって、割合に直線的な比喩を思わせるからだ。こうした美しい光景は、美しい記憶となって作者やその

読者を幸せな気分にさせる。こうした心情は、ぼくの内心に初心《うぶ》な状態を喚起させる。どうやらそうした初々しさの残る初心な状態は、少年期や少女期における得体の知れない不安と期待に翻弄されていた年頃のことなのかもしれない。それらのことを想像させる句を渡邉樹音は、かなりの頻度で少年と少女として登場させている。

少年に呼ばれるまではヒヤシンス
少年の耳柔らかき茨の芽
触覚の折れて少年陽炎いぬ
少年の蹠が崩す蟻地獄
少年を縁どる夕焼草千里
少年の棘抜けぬまま賢治の忌
曼珠沙華ゆれて少年擦過傷
少年の壊れゆく自我冬の蝶

万緑の少女マーブルチョコレート
ポップコーン爆ぜて少女の真昼かな
バーチャルに生きる少女やうさぎ抱く
回転木馬笑う少女の冬帽子

「ヒヤシンス」の花言葉は「哀しみを超えた愛」。作者の俳号「樹音《じゅおん》」は、元をただすとフランスの作家、ジャン・ジュネ由来で「樹音《じゅね》」である。であれば、「ヒヤシンス」の名の由来もまたギリシャ神話の美青年・ヒュアキントス、同性愛者であった彼の額をアポロンの投げた円盤が、西風の神・ゼピュロスによって方向を変え直撃し死に至る。そのときに流された血がヒヤシンスを生んだと言われている。あるいはまた、少女を詠んだ句であれば、バーチャル＝仮想現実に生きる少女がうさぎを抱くのも、傷つきやすい初心《うぶ》のなせる徴《しるし》であろう。少年や少女に投影されたこれらの傷痕はおそらく作者のものでもある。だが、こうした物語はやがて抑制され、「初心《うぶ》」であった言葉もそれがそのまま何ものかを伝える力を産むことはなく、また言葉そのものに力が無いことも、わずかな部分しか伝えられないことも知ることになるだろう。

伝わらぬ言葉を吹いてしゃぼん玉

そして、次にあげる句のように批評性のある句が産まれてくる（「初心」の「うぶ」は産声、産湯などと「うむ」に通じている）。

百年の孤独廃炉の四月かな
褐色のあやめ群れなす「意志表示」
ルノアール出て黒南風のデモ行進
ゲルニカの模写新宿の溽暑かな
マカロンの空洞八月十五日
星冴える海の向こうに銃声

「百年の孤独」は、ノーベル文学賞受賞作家、ガルシア・マルケスの小説『百年の孤独』を明示させる。「意志表示」は、六十年安保闘争後に自死した岸上大作『意志表示』だろう。掲句のなかでは「ゲルニカ」の句が出色と思われる。これらの他の句にも、リアリティーのある、しっかりした句、ぼくの好みの句も多い。例えば、

五大陸春の鉛筆転がりぬ
囀りや窓際に置くマトリョーシカ
ひまわりに溺れて昼のがんらんどう
ねずみもち煙り静脈さざなみす
草は実に赤い自転車濡れており
凍滝の水を省略して眠る
凩や扉の開かぬ天袋
初春のドールハウスを開けておく

　ともあれ、人は誰しも年齢を重ねてくると、否でも応でも一句の世界の完結のために歩み出さなければならない。少年のまま、少女のままというわけにはいかない。初心だった文学少女はそのままで老いを迎えるわけにはいかないのだ。様々なそれらに別れを告げて、踏み出さなければならない時がやってくる。この句集もたぶんそうした過程に招かれた作品たちということになろう。それらは、いつしか美しい憶い出となって琥珀色の陰翳を刻むだろう。俳句には創る楽しみも、苦しみもある。作品に人の呼吸を感じさせる渡邉樹音、本句集で区切りの時期を迎え、さらに本格的な俳句人生を歩んでいくにちがいない。

春

五線譜がみずうみになる春の昼

膕に春の空気が触れたがる

ふらここに乗れば風音青の律

猫の恋女の耳に序曲あり

白木蓮生命線は進化する

風吹くとみな風を見るつるし雛

春みぞれ一日分の砂時計

五大陸春の鉛筆転がりぬ

あやとりの小指から解く春の雪

心音のじんじんじんと木の根開く

伝わらぬ言葉を吹いてしゃぼん玉

回転扉花かまきりが透けてゆく

掌が融点となる春の闇

朧月修羅の男が舞い戻る

偏頭痛さくらの重さなのだろう

自画像のほどけてしまう春の闇

ふらここに持て余したる鍵を置く

春の蚊ふわり真昼のレントゲン車

施錠重たし満天星は無言なり

駘蕩を煮つめぷっくりカルメ焼き

小さき目の名菓はひよこ昭和の日

蜜蜂や眠そうな風一摑み

少年に呼ばれるまではヒヤシンス

風車止まらぬ夜の逃避行

ポップコーン笑い転げて皆さくら

影踏みの鬼もふうわり飛花落花

銃口のこめかみに向く木の芽時

震源の鼓動は深く豆の花

削除キー打ち菜の花畑にいる

少年の耳柔らかき茨の芽

孫の名はみんなひらがな更紗木瓜

硝子戸の影に影あり鳥の恋

触角の折れて少年陽炎いぬ

一粒の罪転がりし種袋

百年の孤独廃炉の四月かな

春深し電子書籍じゃ眠れない

落ちてより始まる時間紅椿

梅真白手帳に挟む航空券

紅梅や津軽三味線ゆくりなく

薄氷に触れ深爪の薬指

東風強し象の足輪の鉛色

茶飯炊く誰とも会わぬ万愚節

悪役に不惑の髭や春みぞれ

息継ぎの度に桜のふぶきけり

うたた寝の机上遥かな春の海

囀りや窓際に置くマトリョーシカ

山笑う青年僧の大き耳

生き延びて蛤赤き舌の先

ふるさとは水光り合う蝌蚪の国

青天の臍の凹みの畑を焼く

ネクタイを緩め青野へ伸びあがる

怖いもの無くて怖ろし葱坊主

陽を束ね微睡む女白い猫

熊谷守一展

石蹴りのつつじに揚羽金平糖

夏

夏兆す停学明けの門の前

初夏やグラマラスな雲泳ぐ

太陽が金貨に変わる麦の秋

縞馬の肋美し梅雨晴間

時々はすずろ言聞く合歓の花

蛇苺アリスが少し自惚れる

港町青いバナナの旅ごころ
待ち伏せはグラジオラスの横にする

万緑の少女マーブルチョコレート

少年の蹠が崩す蟻地獄

ひまわりや静止画像の家族愛

大夕焼あの鉄塔は濡れている

寝ころべば風の欲しがる夏帽子

青梅の落ちて純情風渡る

褐色のあやめ群なす「意志表示」
だまし絵の夏野に影を置いて来る

青い眼の人魚いずこへ鷗外忌

でこぼこの父のぬくもり夏帽子

深呼吸ひとつ海月の日となりぬ

ポップコーン爆ぜて少女の真夏かな

ラムネ飲むかちりと響く万華鏡

飛び交うは光の投げ輪青葉騒

抜け道を真っ直ぐ走る麦の秋

真白とは純情かしら夏惜しむ

向日葵になるから今日は振り向かず

汽車道の軽いデジャビュ百日紅

世之介のとなりは平次蟬の穴

ひとなみのひとなみなみに風薫る

茶簞笥の赤きびいどろ晶子の忌

傘立ての杖と木刀捕虫網

五月雨のことは触れずに鰻巻かな

ルノアール出て黒南風のデモ行進

稜線の削りたてです夏の霧

ひまわりに溺れて昼のがらんどう

海鳴りを聞くための鍵　晩夏光

抱擁を解いたその手で髪洗う

喪の家や沖に崩れる栗の花

ゲルニカの模写新宿の溽暑かな

開け渡る標本箱に処暑の風

少年を縁どる夕焼草千里

木漏れ日や友待つカフェに薔薇の門
海岸線左の耳へ南吹く

晩景の始まっている白さるすべり

本当の夜を知らない水中花

根の国の震え芍薬溢れけり

ねずみもち煙り静脈さざなみす

絵手紙に赤を点して桜桃忌

真昼間の止まる思考や枇杷たわわ

よく笑うころころころころ麦こがし

ぢぢぢうと滑りゆく蛇　草に熱

夏蝶の飛びてままごと完結す

切り株の微熱が続く夏の雨

非凡平凡からくれないに花火

輪郭が思い出せない水中花

秋

八月尽寝返りを打つ深海魚

空蟬はオブジェになりぬ銀の箱

秋祭小粋な神とすれ違う

人間を脱いで残暑を折り返す

八月の空をくすぐるスカイツリー

秋暑し昆虫図鑑から刺客

少年の棘抜けぬまま賢治の忌

秋草の葉書一枚海越えて

三毛猫もまずは車座下弦月

逢うことに急ぐ真昼のラ・フランス

触れるものみな音階に銀杏散る

ちちろ鳴く胸もとにある低温火傷

喧騒が嫌で湖底に眠る月
声ひそとあの三日月は漂流者

菊月やきいちのぬりえ紅差して
ゆびきりの永遠に果たせぬ水の秋

マカロンの空洞八月十五日

ひぐらしや膝ついて拭く足の跡

切り岸のひとは色なき風の中

曼珠沙華ゆれて少年擦過傷

捨てるもの振り分けており穴惑い

戦国の武将は美形いぼむしり

木の実落つ茶房の二階に探偵社

蛇穴に声の大きな庭師来る

団栗のために私ひざまずく

白地図の右より攻める泡立草

真夜中の本音ほろりとちちろ鳴く

鳥渡るみなとみらいの海の綺羅

それぞれに銀河の違う鍵の束

鈍色の昨日を捨てに行く花野

秋草の名に触れずして父の庭

葬列に尾花の微熱残りけり

草は実に赤い自転車濡れており

東京の空は鋭角秋深む

乱れ世の七日七晩法師蟬

もふもふの猫抱き寄せる無月かな

のりしろの幅反り返る今朝の秋

龍淵に潜み鱗は銀色に

廃校の窓に薄日や草紅葉

鍵盤の黒きわやかに窓の月

最終バス見送る海と望の月

手遊びをせがむ子の声長き夜

忌の膳に水のひとすじ今日の秋

いちにちを時計持たずに大花野

雑木山霧の尻尾はうすむらさき

木の実置く寄木細工の舟の上

冬

雪明り天使に戻る童話館

少年の壊れゆく自我冬の蝶

凩が強がりを言う別れ道

冬銀河砂漠の花はここにある

空と色蘇生日和の葱畑

漱石忌猫覗き込む接骨院

ロールキャベツに思惑があり雪催い

三つ編みのあの子雪ん子じゃんけんぽん

冬ぬくし古書店街の迷い猫

空港の読めぬ横文字レノンの忌

海にいて風を見ている懐手

熊穴にここは喫煙収容所

水底の眠り始める初氷

後れ毛をなぞりあげたら凩

手探りの明日は何色毛糸編む

今朝の春真白き雲を産みおえる

水紋に冬の形が始まりぬ

手鏡の余白を埋める冬紅葉

冬が立つ丸太ん棒の橋の上

遠火事や風の削れる音がする

冬めきて懐中時計に雲の色

硝子戸を一枚隔て山眠る

石蛙木枯しに乗る面構え

凍滝の水を省略して眠る

着膨れてアンモナイトの話など
のらくろの髭は六本日脚伸ぶ

ジャズ流る木椅子に丸い冬帽子

バーチャルに生きる少女やうさぎ抱く

冬すみれ水弾くもの奪うもの

力瘤ばかり歪な冬木立

初炊ぎ家族の色の揃い箸

珈琲豆選りて始まる冬ごもり

回転木馬笑う少女の冬帽子

黄昏も沈黙の進化冬木立

凩や扉の開かぬ天袋

湯気立てて一人の部屋を大きくす

どん底のそこそこの愛大根煮る

餞に五色豆買う雪女

岬空や沖へ振り向く冬鷗

星冴える海の向こうに銃声

産声の天地確かに今朝の冬

山眠る厨に青き砂時計

草木の深呼吸なる淑気かな

新聞の切り抜きもはや女正月

冬蝶や息崩さずに進撃す

初春のドールハウスを開けておく

跋‥

和美から樹音へ

金木星の会代表　田付賢一

私が初めて渡邉和美に出会ったのは、私が国語の教師として勤務していた女子高だ。彼女がまだ十五歳の時、文芸部の部員と顧問として三年間を過ごした。その頃の文芸部には実にユニークなメンバーが集まって詩や短歌を作り合っていた。彼女はそのメンバーの中心となり作品だけではなく「創作劇」などを学園祭で自ら演じることもあった。その頃はまだ俳句はほとんど作っていなかったと思う。

渡邉和美が最初に「五・七・五」の世界に手を染めるようになった一つの

きっかけは私が連載していたある新聞の投句欄だ。それは後に出版した「青春リターン句」のもとになっている。過ぎ去った青春をテーマとした句を作るという欄によく投句してくれるようになった。

オルゴール哀しみを捲く過去を捲く
許されぬ切符を手にし君を待つ

高校を卒業してすでに二十年近くは経っていただろうか。その頃から生来の言葉のセンスがリズムの中に生かされていた。樹音という俳名はその頃から使い始めたと思う。

「耳をあててごらん。樹液の上がる音が聞こえるから」

私の問いかけに木に耳をあてて聞いていた日のことを今でも覚えている。

「樹音」が生まれるひとつの瞬間だと……。

茶簞笥の赤きびいどろ晶子の忌
もう空は燃えなくていい敗戦忌
帰り来ぬ父かと思う秋の星
珈琲の香りふくらむ寒露かな
更衣碧いピアスを見つけた日
母と子に夕陽こぼれる終戦忌
空の青深く知覧の新茶かな
戦場の漢は蒼い春の月

いま渡邉樹音は、私と同じ「現代俳句協会」に所属し、さらに俳句同人誌「夢座」の代表として現代俳句のホープとして注目を浴びている。

俳人としてだけではなく彼女のもうひとつのすぐれた面を紹介したい。それは人をまとめる力、そして卓越した事務能力である。それは協会のジュニア部の活動においても抜群の力を発揮している。そこには高校生時代の渡邉和美を見る思いがする。

そしてこのたび待望の第一句集「琥珀」が世に出ることになった。渡邉和美が渡邉樹音としてひとつの節目を迎えた句集の誕生を心から喜びたい。しかし樹音の真価が問われるのはこれからだ。さらなる飛躍をめざして「樹音」を響かせ続けてほしいと願っている。

猫の恋女の耳に序曲あり
朧月修羅の男が舞い戻る
少年に呼ばれるまではヒヤシンス
銃口のこめかみに向く木の芽時
少年の耳柔らかき茨の芽
落ちてより始まる時間紅椿
ふるさとは水光り合う蝌蚪の国
夏兆す停学明けの門の前
蛇苺アリスが少し自惚れる

ひまわりや静止画像の家族愛
だまし絵の夏野に影を置いて来る
抜け道を真っ直ぐ走る麦の秋
海鳴りを聞くための鍵　晩夏光
本当の夜を知らない水中花
ぢぢぢうと滑り行く蛇　草に熱
人間を脱いで残暑を折り返す
少年の刺抜けぬまま賢治の忌
マカロンの空洞八月十五日
廃校の窓に薄日や草紅葉
少年の壊れゆく自我冬の蝶
海にいて風を見ている懐手
湯気立てて一人の部屋を大きくす

・

あとがき

句集「琥珀」には、平成十五年から平成二十八年迄の作品の中から二百句を収めました。初学の頃から十数年は同人誌に所属していました。縁あって、二年前「岳」に入会をした頃から今までの句を纏めたいと思いながらも躊躇していた私に「岳」宮坂静生主宰から「チャンスは自分のものにしなさい。なんでも挑戦してみなさい」と、励ましのお言葉をいただき決意いたしました。

序文は、「豈」編集人大井恒行様。その時の約束で序文は句集が出来上がった時に読むように…。とのことでした。第一句集の初めての読者が自分自身。とても素敵な贈り物です。跋文は、私に俳句を作ることを勧めてくださった高校時代の恩師で「金木星」代表田付賢一先生よりいただきました。お二方には心より御礼申し上げます。

帯文は、松下カロ様よりいただきました。「俳句という音楽」そのお言葉はとても嬉しく思います。ありがとうございました。

物事を前向きに考える楽観的な私ですが、時計が止まったように季節の風も感じられない、言葉も紡げない時期が幾度かありました。でも、俳句から離れようとすると思いがけない出会いがあり、その繰り返しで今の自分がいます。俳縁とは不思議なものだなあと感じます。

今まで私を見守ってくださった先生方、先輩の方々、会の皆様、友人、家族に心から感謝いたします。樹音の句集は小さな「琥珀」です。ひとつの区切りと、ここからがスタートです。

深夜叢書社の齋藤愼爾様、高林昭太様に御高配をいただき、心より深く感謝申し上げます。

明日はきっと心地よい風が吹いてくる

平成二十九年 五月五日　渡邉樹音

著者略歴

渡邉樹音 わたなべ・じゅおん

1960年　1月24日 東京都に生まれる
2002年　「青春リターン句の会」参加　2005年終刊
2003年　俳誌「祭」参加　2010年退会
　　　　自由句会誌「祭演」参加　2016年退会
2007年　俳句同人誌「夢座」入会
2012年　「金木星の会」参加　2016年退会
2015年　俳誌「岳」入会
2016年　第36回「岳」俳句会賞受賞
　　　　「岳」同人
　　　　「頂点」同人
　　　　俳句同人「夢座」代表
　　　　現代俳句協会会員

住所：〒340-0031 埼玉県草加市新里町110-10

渡邉樹音句集
琥 珀 kohaku

発行日 2017年5月31日 第一刷発行

著 者 渡邉樹音
発行者 齋藤愼爾
編 集 銀 畑二 haiking
デザイン 金田一デザイン

発行所 深夜叢書社
〒134-0087 東京都江戸川区清新町1-1-34-601
info@shinyasosho.com

印刷 製本 株式会社文伸

ISBN978-4-88032-438-8 C0092

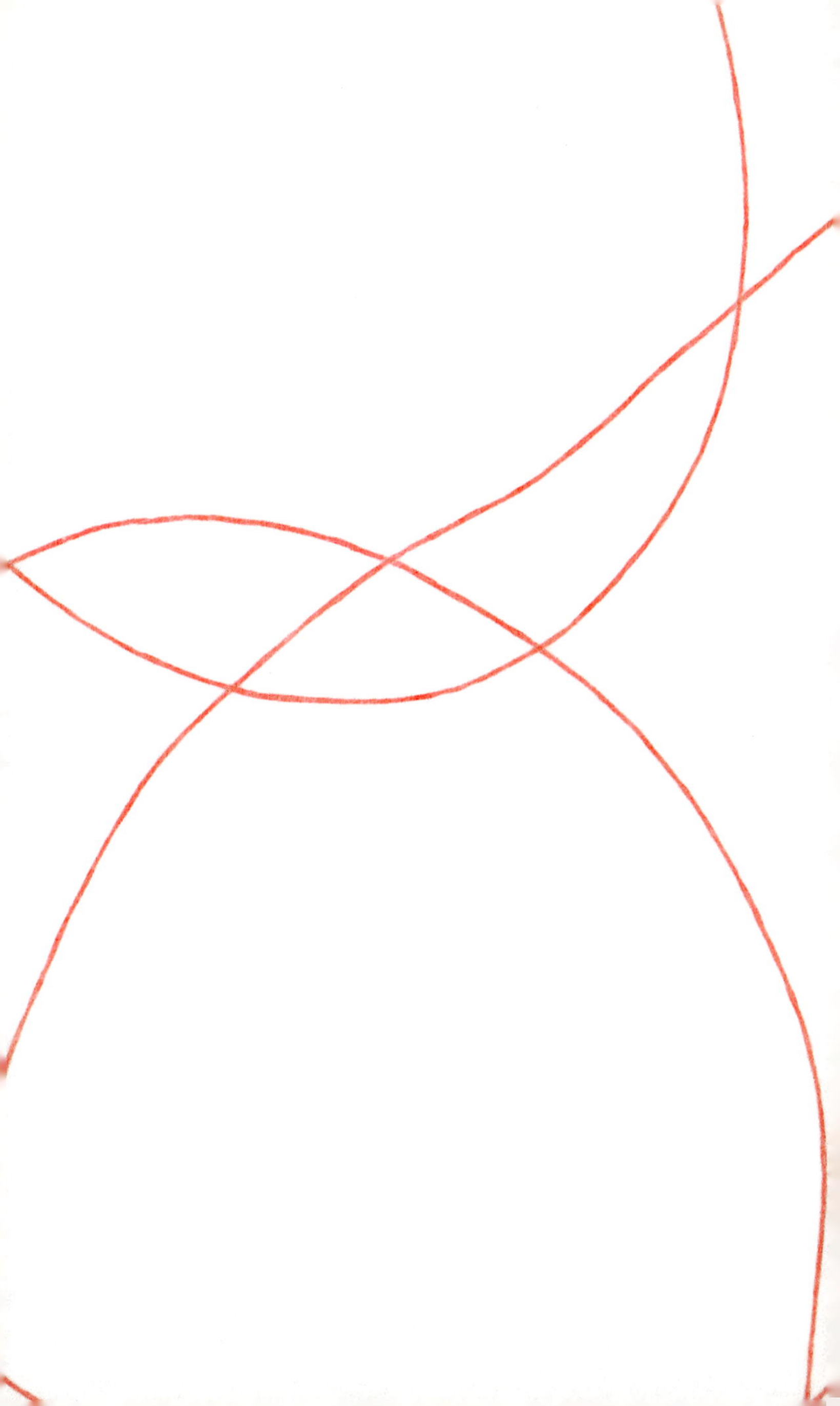